비는 사랑이야

비는 사랑이야

발행일	2016년 11월 18일		
지은이	고 경 봉		
펴낸이	손 형 국		
펴낸곳	(주)북랩		
편집인	선일영	편집	이종무, 권유선, 안은찬, 김송이
디자인	이현수, 이정아, 김민하, 한수희	제작	박기성, 황동현, 구성우
마케팅	김회란, 박진관		
출판등록	2004. 12. 1(제2012-000051호)		
주소	서울시 금천구 가산디지털 1로 168, 우림라이온스밸리 B동 B113, 114호		
홈페이지	www.book.co.kr		
전화번호	(02)2026-5777	팩스	(02)2026-5747
ISBN	979-11-5987-326-3 03810(종이책)		979-11-5987-327-0 05810(전자책)

비는 사랑이야
Rain is Love

고경봉 시집

북랩 book Lab

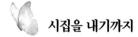 **시집을 내기까지**

　젊어서 시에 대한 꿈을 가졌다. 그 후 시를 향한 열망과 사랑이 있었다. 나이가 들어 시를 쓰겠다고 선언하였다. 그리고 10년 전부터 시를 하나하나 지어갔다. 어느 날 비가 사랑으로 다가왔다. 이 세상에 우리의 생명을 받쳐 주는 비처럼 구체적으로 보고 느낄 수 있는 그렇게 큰 사랑이 있을까? 더구나 사람을 가리지 않고 누구에게나 내리는 비, 이보다 더 공평한 사랑이 있을까? 그런 사랑을 만나고 느끼며 살 수 있게 된 것은 행운이고 축복이다.

　공교롭게도 7순을 맞이하는 해다. 꿈을 이룰 수 있도록 도와준 가족들, 영적으로 이끌면서 영감을 주신 하나님께 감사드린다.

2016년 11월
한물결 고경봉

가을에 글로 쓴 낙엽, 밥이 되고 집이 되다.

– 영혼을 위한 시

차례

행복

삶

추억

몸

자연

봄

여름

가을

겨울

시와 시인

Rain is Love

비는 사랑이야 -1

창밖에 비가 내리네
사랑이 내리네
비는 사랑이야
하늘에서 내리는 사랑이야
빗속을 걸어도 못 느낀 사랑
오늘 문득 비를 보다
사랑 만났네
그 사랑 너무 커서 눈물 흘렸네
눈물도 사랑 되어 비가 되리라

비는 사랑이야 -2

창밖에 빗소리 들리네
사랑이 들리네
빗소리는 사랑의 이야기야
하늘에서 들려주는
사랑의 이야기야
빗속을 걸어도 못 들은 사랑
오늘 문득 빗소리 듣다가
사랑 들었네
그 사랑 너무 깊어 눈물 흘렸네
눈물도 사랑 되어 비가 되리라

언젠가 성경에서 '누구에게나 비를 내려주신다'는 구절을 보고 갑자기
가슴이 먹먹해질 정도로 감동이 밀려왔다. 선한 사람이건 악한 사람이
건 가리지 않고 내려 주시는 비. 아, 이게 바로 하나님의 사랑이구나!
평소 무심히 바라보던 비가 이젠 사랑의 비로 다가왔다.

비는 사랑이야

나비와 꽃

밤이면 죽음의 꽃을 피우고
아침에는 부활을 꿈꾸는
가슴에 갇힌 나비
목을 조이는 꽃향기를
털어내고 비상하다가
꽃가루에 발목을 잡혀
몇 번이고 꼬꾸라졌어도
생명의 꽃을 향한 일념으로
다시 힘찬 날갯짓
땅에 그림자 드리울 때
큰 숨소리 들린다

사랑이란

간절한 결핍을 채워주는
눈물이자 아픔

나를 향한 십자가로
너를 끌어안는다

눈물은 기쁨이 되고
아픔은 웃음이 되어

붉게 물든 저녁노을을
향해 날아가리라

비는 사랑이야

진정한 사랑이란 목마른 자에게 자신도 목을 축이지 못하고 얼마 남지 않은 물을 나누어 주는 것처럼 소중한 것을 내주어 남의 결핍을 채워주는 것이란 생각이 든다. 그것은 어떻게 보면 아픔이지만 결국에는 큰 기쁨을 가져오는 것이다.

영혼

빚진 자

빛을 등진 어둠의 끝자락에서
붙드는 손길로
빛을 향해 어둠의 앞자락으로
다가가는 것만으로도
아픔은 기쁨의 눈물 되리라

빚진 자는 어딘가로 숨고 싶다. 그러나 피할래야 피할 수 없는 길목에
서 홍해가 갈라지는 사건처럼 희망을 볼 때 고통의 아픔은 감격의 기
쁜 눈물이 될 것이다.

시선이 건넨 편지

눈이 가는 길
마음도 따라 간다

꽃보다 귀한 너에게
따뜻한 빛으로 다가가
환해진 너의 모습을
보고 싶다

너도 다른 너에게
고운 빛으로 다가가
웃음을 만나길 바랄께

영혼

평화

꿈꾸며 기도하고
내려놓고 비우며
한 발짝 물러설 때
아침 햇살처럼
찾아오는 것

다가가 남의 아픔
보듬고 들어줄 때
꿈틀거리는 것

혼자서 땀 흘린다고
만나는 게 아니다
벽 허물어 함께
눈물 흘리며 나아가는
선한 싸움이다

오랜 기간 감옥생활을 하다가 남아프리카의 대통령이 되어 인종차별
로 인한 흑백갈등을 전쟁이 아닌 평화로 극복한 만델라를 생각하면서,
평화는 전쟁과 다른 또 하나의 싸움이라는 것을 깨달았다.

영혼 025

기적

어제 본 여인의 웃음
오늘 그리고 내일도
더 이상 볼 수가 없다
오늘 산다는 건 기적이다
이런 일이 매일 매일 일어났는데
무심코 넘긴 하루가 통곡한다

비는 사랑이야

헬스클럽에서 볼 때마다 생글생글 웃으면서 인사하던 여자가 어느 날 갑자기 보이지 않았다. 다음 날 남편으로부터 전화가 와서 '아내가 뇌동맥류 파열로 병원에 입원 중인데 어느 병원에 가야 좋은지'를 물어왔다. 그 후 얼마 있지 않아 세상을 떠났다는 이야기를 들었다. 오늘 하루 산다는 의미를 생각해 본다.

영혼

점과 선

호흡은 선이다
산다는 건
선 위에 점 찍는 일

이 순간
눈에 들어오는 풍경
귀에 들리는 소리
가슴 울리는 이야기가
각각 하나의 점이 되어
추억의 선을 그린다

저 선이 달보다 더 다정한 것은
사랑의 호흡이 묻어 있어서다

비는 사랑이야

숲을 산책할 때 깨끗한 공기를 들이마시면서 생명이 코끝에 있음을 새삼 느꼈다. 우리가 산다는 건 결국 호흡의 연속 선상에서 일과 추억을 하나하나 만들어가는 것이 아닐까? 결국, 이 모든 것이 우리에게 그냥 주어진 사랑의 호흡으로 가능한 것이다.

영혼

자기 절제

아직 갈 길 멀어도
붙잡는 그림자가 있어
하는 수 없이 누워 있다가
강한 햇빛의 포로가 되어서야
욕망들이 숨을 죽인다
이제야 시간이 더디 간다

비는 사랑이야

자기 절제, 오래도록 나를 짓누르던 소중한 단어였다. 수없이 들어오고 쓴 말이건만, 다른 나라말처럼 들리고 내게는 맞지 않는 옷처럼 불편했었다. 불혹이 지나서야 서서히 이 단어가 나의 마음을 휘감아 조금씩 흉내를 냈으나 아직도 갈 길이 멀었음을 느낀다. 몸이 안 좋아 모든 일을 손에서 놓고 누워 쉬면서 오래간만에 시간으로부터 자유를 느꼈다. 그동안 시간의 노예였다는 걸 자각하는 계기가 되었다.

영혼

하나님

쌩하며 골프공이 눈앞을 지나간다
공과 이마 사이 10cm 틈에
하나님이 계셨다

좌회전 신호 따라 차를
서서히 움직일 때
골리앗 트레일러가 신호를 무시하고
돌진하다 갑자기 U턴한다
차와 차 사이에 하나님이 계셨다

비는 사랑이야

선배들과 골프를 쳤을 때의 일이다. 공을 치려고 준비하는 순간 뒤에서 말없이 선배 한 사람이 친 공이 내 눈앞을 쌩하고 지나갔다. 아침 아내와 함께 출근할 때 남부순환도로 사거리에서 좌회전 신호등을 보고 차를 서서히 움직여 사거리 가운데에 들어설 무렵 갑자기 거대한 트레일러가 마구 돌진해오고 있었다. '어떡하나?' 속으로 생각하는 순간 그 차는 갑자기 U턴을 하며 반대편 차도로 들어섰다. 이때 애들 나이가 너무 어렸다. 이후로 아내와 나는 서로 운전자 옆이 아닌 뒷좌석에 앉는다.

십자가의 어제와 오늘

이전에는
듣기만 해도 움추러들고
보기만 해도 짓눌리는
무거운 짐이었다
이제는
나를 살리신 사랑의 생기
따뜻한 아픔으로 바라본다

십자가는 죽음을 연상시켜 십자가에 관한 이야기를 들으면 별로 기분이 좋지 않았었다. 그러나 어느 날 십자가를 진 이가 '나를 고통에서 구원해 주신 분'이라는 생각을 하며 감사하는 마음이 들면서부터는 십자가를 바라보는 마음이 달라졌다.

무궁화와 십자가

무궁화 꽃으로 여름 저녁이
환하게 웃는다
반대편 우뚝 선 십자가가
자랑스럽게 내려다본다

겉에는 연분홍, 속에는 진한 빨강,
가운데는 하얀 술이 하나가 되고
십자가의 아픔은 꽃이 되어
우리를 꼬옥 품어주었구나

비는 사랑이야

힐링

뭔가 부족해 찾은 숲 속 수련회
산꼭대기 나무숲들이
파도타기 하며 응원하고
말씀은 비가 되어
메말랐던 가슴을 촉촉히 적셔 주고
보이지 않는 손길
차가운 가슴을 어루만지네
박수치며 웃었던 하루
뜨거워진 가슴에 담아 가야지

찾거든 원하거든

성공은 하늘을
행복은 발밑을
사랑은 십자가를
보고 또 볼 때
찾아온다

평화는 용서로
새 삶은 말씀으로
사명은 빚진 자로
다가갈 때 만난다

행복이란

옛 추억의 향기
먼 훗날 피어오를 꽃
생각하면 번져오는
잔잔한 미소

지금 여기서
내가 선택한 여행길
땀에 흠뻑 젖은 후
생맥주 한 모금
스키장 정상에서
따끈한 커피 한잔

행복은 먼 데 있지 않다. 가까이서 마음만 먹으면 언제든지 쉽게 찾을
수 있다. 굳이 인생의 목표로까지 삼을 필요는 없다. 살아가는 과정에
서 얻을 수 있는 부산물이기 때문에.

반쪽의 소중함

어둠이 있기에 빛이 빛나고
빛이 있기에 그늘이 푸근한 것을
구름 없는 하늘 보면 공허한데
숨은 바람이 달래주네

비는 사랑이야

눈물은 사랑

임을 떠나보내며
하염없이 흐르는 눈물은
아쉬운 사랑의 냇물

그리운 사람 옛 생각에
쏟아지는 눈물은 사랑의 폭포

아쉬움과 그리움이 강물 되어
가슴 적시고 영혼의 바다에
사랑의 배 띄우면 언젠가
웃음으로 돌아오겠지

휠체어를 탄 여인과 남편

여보, 내 손 잡아 줄래?

그래

여보, 장가보내 줄까?

행복했던 가슴이 오열한다

비는 사랑이야

잘난 사람들끼리 만나 불행을 모르고 오순도순 잘 살아왔는데 어느
날 아내가 갑자기 중풍에 걸려 몸을 못 쓰고 때때로 엉뚱한 소리도 하
게 되면서 남편은 그간의 행복을 그리워하며 눈물을 글썽인다.

Rain is Love

빛의 속삭임

아침마다 빛이 나를 깨우네

가슴의 창을 열면 빛의 속삭임들이
쏟아져 들어오고
밤새 있었던 일들을 종알대다가
한낮엔 졸리워 그늘을 찾아 눕는다
저녁때면 슬그머니 하나둘
빠져나가고

텅 빈 가슴은 잠든 나를 깨우네

구멍 난 시간

그런 때가 있었나 싶게
흘러간 시간 속에
뻥 뚫린 때가 있었지

뭔가에 푹 빠져 무슨 노래가
유행하는지도 모르고
살았던 때가 있었거든

그 때는 시간이 멈추고
나는 다른 지구에
살고 있었던 거야

그런 때가 싫지는 않았어
외로움이 있는 줄도
모르고 살았으니까

삶

마네킹 순례

머리는 간데 없고
팔다리는 싹둑 잘리고
덩그러니 천 조각 몇 개로
가슴만 덮은 채
사람을 맞이하는 너는
누굴 위한 순교자냐?

산다는 건 죄를 짓는 것일까?
가슴에 묻어둔 채
가던 길을 계속 갈 뿐이다

비는 사랑이야

틈새

사람과 사람 사이
벌어진 틈새에는
입에서 튀어나온
화살이 박혀 있다

침묵

몰려오는 시꺼먼 구름 같은
두려운 시간
보지도 들으려 하지도 않아
무거운 침묵만이 말한다
말하고 싶다

비는 사랑이야

말이 많은 세상에 '침묵은 금'이라고 하지만, 침묵의 가치는 말하고 싶은 간절한 소망이 있음을 깨닫는 일이다.

사이로

저마다 사이에서 태어나
겨울과 여름 사이에
봄을 만나고
풀잎과 풀잎 사이로 걸으며
하늘과 땅 사이로
숨 쉬며 살아간다
사이, 사이로 용케 살아왔구나

우리가 산다는 게 그저 산 게 아니다. 돌이켜 보면 얼마나 아슬아슬하
게 넘어온 적이 많았는지 모른다. 그 사이 사이를 지금까지 잘 넘기며
지내온 것에 대해 감사해야 하는 이유다.

글자 한 자

미군기지 가까운
갈보리 교회
심한 비바람에 '리'자
간판이 떨어졌다
글자 한 자가 살릴 수도
죽일 수도
목숨처럼 소중하구나

비는 사랑이야

대학동기생 중에 목회하는 친구가 다른 친구들과 만난 자리에서 들려 주었다는 이야기다. 그 친구가 대학 때부터 워낙 입심이 좋고 위트가 많은 친구였다. 얼마 전에 세상을 떠났다. 명복을 빈다.

칼과 기도

말 한 마디, 눈빛이
칼이라는 걸 알면서부터는
산다는 건
칼 위에서 곡예 하는 것
오늘 하루도 눈을 감고
침묵의 기도로 시작한다

비는 사랑이야

시어머니가 며느리에게 친정어머니의 병에 대한 안부를 묻다가 "그런 병은 죽어야 낫지"하는 말을 듣고, 그 생각만 하면 가슴이 콕콕 쑤셔 병원을 찾은 여자가 있었다.

마지막 가는 길

간다 간다 모두 간다
다 두고서 혼자 간다
눈물도 근심도 묻어두고

기다리는 임이 있어
가는 길 웃음꽃만
품을 수 있다면
더 좋은 곳 어디 있을까

비는 사랑이야

1, 2년 사이로 가까이 지낸 친척들이 돌아가셨고, 최근 대학 은사이신 교수님이 돌아가셔서 장례식장을 다녀온 후 죽음에 대해 생각해 보았다. 죽음의 긍정적 의미를 생각하며 산다면 삶이 더 풍부해질 것만 같다.

기다릴 수 있다면

한나절 반을
기다릴 수만 있다면
북향의 어두운 방도
환하게 웃을 수 있다

비는 사랑이야

어느 날 오후 어두컴컴했던 북향 방에 빛이 들어와 내 마음을 환하게
비춰 주었다. 이때 누구든지, 무엇이든지, 어디에 있던지 '때가 있다'는
것을 느꼈다. 그때까지 기다리는 것은 우리 각자의 몫이지만.

반만 웃자

입을 반만 벌리고
웃어야 할 때가 있다
내 기쁨 뒤에 눈물과 아픔으로
입을 벌릴 수 없는
사람이 있을 테니까
풍선 달린 작은 추 하나
입에 매달아 놓을까 보다

옛이야기

보고 싶어도 볼 수 없건만
눈 감으면 보이는
떠나버린 사람

생각해봐도 떠오르지 않는데
잊으려 하면 생각나는
그리운 사람

울고 싶어도 눈물이 나오지 않건만
노트에 적은 옛이야기
가슴을 적신다

물총새

네 이름이
옛 추억을 부르는구나
동네 계집애에게
물총 쏴대고는 도망치며
낄낄거리던 어린 시절

넌 몇 번 놓치다가
마침내 잡은
송사리 한 마리 물고서
연꽃 위에 부처 되어
옛 추억을 더듬는구나

사진 **김태승**

우정

어렸을 적 강변을 걸으며
이담에 만나서도
지금처럼 지낼 수 있을까?
물었던 친구
한참 후 우연히 만나
동네 천막극장 입장시켜 주고는
어디론가 가버렸지
꿈속에서 만난 것처럼

비는 사랑이야

초등학교 때 자주 같이 놀고 돌아다녔던 친구였는데 언젠가는 크리스마스카드를 보내주어 크게 감동을 받았다. 중학교에 들어가서 건강이 안 좋아 학교를 쉬고 있다가 길가에서 만났을 때 반가워하면서 동네 천막극장으로 데려가 코미디 영화 '오부자'를 보여 주었다. 그 후로는 소식이 없었다. 잊지 못할 친구다.

추억

눈 감으면

눈 뜬 기도가
더 편한 적도 있었다
어느 날 눈 감으니
세상 대신 마음이 보였다
그리움도 피어올랐다

비는 사랑이야

추억의 여정

누군가의 뒤안길에서
긴 여정을 시작하여
추억으로 세포를 채우며
커간다

마침내 커진 몸은
추억을 나누고
울고 웃으면서
세포를 비운다

하나둘 잊혀져 간다

추억

기차를 기다리는 소녀

할머니 배웅 길
기차역 플랫폼에서
빨간 코트 입은
다소곳 어여쁜 소녀
보고 또 보다가
언제 다시 만날 수 있으랴
기차가 좀 늦게 와도
좋겠다 싶었는데
지금쯤 무슨 생각하고 있을까?

기다림

전화기 눈 빠지게
쳐다보며
기다리던 목소리

오늘도 소리 없어
그냥 지나치는데

그래도 혹시나
올지 몰라
잠 못 이루던 그때
달빛만이 알까

추억

어머니의 일생

밥상에 어머니 자리는 없었다
자식들 손에 물 안 묻히느라
손등이 언제나 붉게 부르텄다

언젠가부터 낯익은 얼굴을
낯선 손님 대하듯 하다가
이젠 결혼 안 해 자식들이 없단다

치매를 앓고 계신 100세의 어머니가 3년 전까지 하시던 말씀, "결혼을 안 해 자식들이 없어요. 결혼하면 고생한다고 해서." 그러나 결코 치매라서 단순히 엉뚱하게 내뱉는 말이라기보다는 내면 깊숙이 억압된 사연의 표현인 것처럼 느껴져 가슴이 먹먹해진다. 한 번도 싫은 기색 없이 자식들을 위해 묵묵히 해 온 고생을 되돌아보면서 어머니의 헌신과 희생에 감사할 뿐이다.

아버지

모진 수모 당하고
홀로 국경 넘어와
태극기 품었다가
다락방에서 숨어 지냈고
술잔에 고향 담아
그리움 녹인
우리의 선장이셨다

비는 사랑이야

현실감이 부족하다고 아버지를 원망하기도 했지만 여러 번 죽을 뻔한 고비를 넘기면서 가족들을 여기까지 올 수 있도록 애쓰신 인도자였다. 험한 파도를 헤치고 안전한 곳으로 항해해 주신 선장이 아니겠는가? 요즘 탈북자들, 유럽 난민들을 보면서 더욱 그런 느낌이 든다.

Rain is Love

발바닥

무지막지한 덩치를

지구 곳곳으로 끌고 다니며

호강시키면서도

큰소리 한번 치지 않았고

불평 한마디 없었다

가장 버림받은 효자

가장 낮은 자세로

오늘도 묵묵히 따라갈 뿐이다

저렇게 자그마한 것이 어떻게 오랫동안 큰 덩치를 끌고 다니며 세상을 누볐나 싶다. 아무런 관심을 받지 못하다가 이제 나이가 들어 때때로 통증이 오면 너무 혹사했나 싶어 주물러 준다. 생각할수록 고마운 마음뿐이다.

마음 따라 몸 따라

마음은 하라 하고
몸은 하지 말라 하네
예전엔 마음 따라 용케 잘 갔건만
아직도 마음 따라가다가는
몸 갈 길 다 못 가겠네

이제는 몸 따라갈까 보다
몸 따른다고 마음이 편치 못할까
그래도 몸 따라야 나중에
마음도 후회하지 않을 거야

잠자고 나면

꿈속을 헤매다가 깨어나면
떡 가락처럼 쭉쭉 나오는
시어들이 마음에 들어

밥 먹고 다시 누워
한참 후 깨어나면
더 이상 시어들은 나오지 않아도
몸이 개운해져 후회가 없어

아프고 싶어라

지나고 나면 안다
어제의 아픔이
오늘 행복의 씨앗이라는 것을

돌아보면 안다
오늘의 아픔이
어제 행복의 그림자라는 것을

아픔 없는 행복이란
구름 없는 하늘
구름이 그리워져
차라리 아프고 싶어라

비는 사랑이야

아픔이 없는 세상이라면 아픔의 고통을 알 수 없을 뿐 아니라 그것이 행복의 뿌리라는 것도 모른다. 아픔을 이겨낸 후 찾아온 감동에서 오는 행복은 순간의 행복과는 비교할 수도 없다. 지금 행복하다는 것은 과거의 아픈 고통을 잘 넘겼기 때문이리라. 지금 아픈 것도 가만히 돌이켜보면 과거 행복했던 시절과 무관할 수가 없다. 또 행복은 아픔을 품으려는 사람에게 다가온다. 그래서 사람들은 죽을 위험을 무릅쓰면서까지 높은 산과 절벽을 오르는 게 아닐까?

Rain is Love

잡초의 시선

이름을 안 불러준다고
원망하지 않았는데도
괜히 나는 괴롭다
너의 해맑은 시선이
외면했던 가슴을
짓밟았던 발을
부끄럽게 할 뿐

오늘 너는 갑자기
별보다 더 빛나고
내 가슴은 환해져
부끄러움도 숨을 곳이 없구나

발걸음은 그저 웃을 뿐이다

비는 사랑이야

광릉 수목원에서 잡초 전시회가 열렸다. 거기서 잡초들에게도 이름이
있다는 것을 알았다. 가족들을 한 데 모아 놓으니 모두 싱글벙글한다.
그런 모습을 처음 본다. 웃을 수 있다면 웬만한 잘못도 용서할 수 있을
것만 같았다.

작지만 위대하다

나뭇가지에 싹 틔운 점 하나가
숲의 물결을 일구고
창가에 매달린 물 한 방울이
바다의 파도를 요동친다

비는 사랑이야

4월 초 진료실 창밖 겨우내 앙상한 뼈만 드러내놓고 있던 나뭇가지에 어느새 한 점의 싹이 돋아났다. 한 주 한 주 지날 때마다 엄청난 파괴력으로 가지마다 잎을 쭉쭉 뽑아내더니 3주가 지나면서는 진료실을 찾은 멋쟁이 할머니가 "녹음이 우거져서 좋아요"라고 말할 정도로 숲을 이루어 놓았다.

강아지풀

북한산 등산길
땅 밖으로 치솟은
소나무 뿌리를 밟으며
할 말을 잃었는데

주차장 아스팔트
틈새로 쑥쑥 삐져나온
강아지풀을 보면서
부끄러워 고개 숙였네

깨달음

눈 감았으나 깨어 있고
눈 떠 있으나 잠든 새
떠오르는 아침 해는
게을러 놓치고
저녁놀에 미소 짓다 말고
찻잔에 담긴 고요한 물결을
숨 고르며 따라간다

소리

안에서 무너져
내려앉는 소리
세월 흐르는 소리

들릴 듯 들리지 않는
천상의 소리
감으로 다가오는
말 한 마디, 한 마디
뼛속 저민 아픔을
품어주는구나

나이가 들면서 이 병 저 병 생기고 나중에는 척추관협착증으로 엉치
뼈와 다리가 저리고 쑤시곤 해서 차를 운전하는 것이 힘들어졌다. 그
래도 어디선가 누구로부터 위로를 받고 아픔을 잊고 싶다. 이 시를 읊
조리다가 그만 병원 주차장 입구에 박힌 못에 찔려 자동차 바퀴가 터
졌다. 대가를 단단히 치른 시다.

바람

잎사귀가 파르르 떤다
보이지 않는 것이
가슴에 파도치는구나
물줄기 바꿀 순 없어도
저 소리 들으며 따라가리라

비는 사랑이야

오전 진료실 창밖을 내다보다가 흔들리는 나무 잎사귀를 통해 보이지 않는 바람의 실체를 느낀다. 어느새 나이가 환갑을 바라보면서 지금까지 보이는 것에만 연연해 오다가 보이지 않는 것의 의미와 중요성을 새롭게 피부로 느낀다.

스마트폰과 텅 빈 하늘

서 있으나 걸으나
저마다 고개 숙여
텅 빈 파아란 하늘
시선을 빼앗겨
꿈을 잃었나 보다

비는 사랑이야

꽃병 속의 장미

사랑이란 낱말
까마득히 잊었다가
눈에 들어온 장미꽃
모든 것 주고 나서
빈 가슴 내보이며
가시로 아픔 덮은 채
시커멓게 자신을
불태우고 있구나

뭉게구름과 꿈

파아란 하늘엔
뭉게구름이 뭉실뭉실
피어오르네

파아란 가슴엔
솜사탕같이 하얀 꿈이
너풀너풀
피어오르네

비는 사랑이야

태양의 미소

해 질 무렵 언덕 위
소나무 가지에 걸린
태양의 미소가 환하다
달님을 만나려나

잎사귀와 바람

잎사귀가 흐느적거리는 건
바람에게 바람맞아서다

잎사귀가 나풀거릴 땐
바람이 신나서 춤을 추는 것

잎사귀가 가만있으면
바람의 속삭임에 귀를 기울이는 것

잎사귀가 아프면 바람도 신음한다

바람이 넋 잃고 소리 지를 때
잎사귀는 살풀이춤으로 달래준다

비는 사랑이야

2006년 어느 여름날 오전 진료실에서 잠시 쉬는 동안 창밖을 내다보았을 때 나무 잎사귀들이 바람에 흔들려 춤추는 것을 보면서 쓴 나의 첫 번째 시다.

발 호강

아침인데도 비가 내려 어둑한 날
불빛도 없는데 환하게 트인 길
밤새 떨어진 꽃잎으로
발아래 벚꽃이 만개하니
하이얀 양탄자를 깔아 놓은 듯
눈은 황홀해서 둘 데를 모르겠고
발바닥은 신랑이라도 된 듯
신나서 춤추듯 간다

사랑의 흔적

구름은 흘러가 버렸으나
흔적은 남기지 않고
바람은 바로 앞에 서 있다가
언제 간 줄도 모르겠는데
붉게 물든 잎사귀 뭔가 그리워
이른 아침부터 눈물을 글썽인다
그리움을 가득 메우는 것은
지난 날 사랑의 그림자

그리움과 사랑이 눈물의 원천이 아닐까?

비는 사랑이야

지리산

산 중의 산이구나!
감탄이 절로
겹겹이 굽이굽이
사방이 산이로구나
너르고 넓어 어머니 같은 산
산이 나를 품어 이렇게 아늑한데
너무 좋아서 두고 가기 아깝네
내 가슴에 담아가야지

부처님 오신 날 자정 마장동 시외버스 정류장에 많은 버스가 지리산행인 걸 보고 깜짝 놀랐다. 남원에서 출발하여 계곡을 따라 올라가는데 어느 구간에는 바위를 손으로 짚고 올라가야만 했다. 땀을 뻘뻘 흘리고 헉헉대며 오르는데, 내려오던 나이 든 남자 한 분이 "힘드시죠? 조금만 올라가시면 됩니다"라고 해서 그 말을 믿고 힘을 내어 올라갔다. 그런데 가도 가도 끝이 없어 그 양반의 말이 거짓말이란 걸 알았지만, 그 덕에 정상까지 올라왔다는 생각을 하며 웃었다. 지리산 최정상 천왕봉에 올라갔다 내려오는 중 주위를 둘러보니 사방으로 끝없이 펼쳐지는 장관은 이루 다 말로 표현할 수 없었다. 당일로 내려오면서 무릎이 몹시 아파 걷기조차 힘들어져 인솔자와 다른 한 분의 도움으로 겨우겨우 내려왔다. 고통의 하산이었지만 아름다운 산은 나를 포근히 안아주는 어머니 품 같았다.

비는 사랑이야

산

포근히 품어주고
말없이 들어주고
한없이 참아주는
심리치료사

땀으로 시름 씻어주고
세상 작게 만들어
탐욕의 잔 비우는
마술사

산에 오르면 사람이, 사람이 사는 집이 작게 보인다. 거기에서 아등바등하며 살았던 것이 부끄럽다. 다르게 살아야겠다는 마음을 가지고 산에서 내려온다. 그러나 다시 세상에 오면 그렇지 못해 다시 산을 찾게되나 보다.

특별한 비빔밥

놀이터를 지나면서 옛 추억을 밥으로
그늘과 빛과 풀 내음과 꽃향기와
시냇물 소리와 새 소리와 나무 숨소리를
비벼 비빔밥으로 만들어
오늘 배불리 먹어 본다
감사하는 마음까지 양념으로 넣었으니
더없이 고소하구나

아무도 없는 산책길을 혼자 걸으면서 문득 지금 여기 내가 있는 것이
소중해 보였다. 막연히 영원한 것을 찾기보다는 지금 이 순간순간을
열심히 집중해서 살고 즐기며 감사하는 것이 영원을 향한 길이란 생각
이 들었다.

비는 사랑이야

별과 나

반짝이는 별 하나는 나의 별
별이 떨어진다
그 별이 내 안에 있고
작아져 한 점이 되면
나도 작아져 한 점이 되겠지

언젠가 이 한 점이 다시
잃어버린 별을 만들거야

그때 나도
다시 만들어지겠지

장가계

수억 년 뿌리 깊은 산이라
저리도 높을까
내려다보면 졸음이 달아난다
올려다보면 불빛도 별 같구나
온통 암벽이건만 틈새로
나무들이 얼굴 내밀며
저마다 나 보라 하는구나
신선이 여기 말고 또 있을까

비는 사랑이야

가는 봄

온 듯 만 듯하다가 이제야
왔나 싶은데 벌써 가버리니
문득 찾아온 임 보자마자 떠난 듯

싱숭생숭 마음만 흔들어 놓고
말없이 떠난 임 차마
하고 싶은 말도 못하고 보낸 듯

아쉬움 품고 다시 기다리는
이 마음을 그는 알까 모를까

비는 사랑이야

봄 길

꽃 비 내리는 산책길
혼자 걸어도 외롭지 않은 것은
마음속에 임이 함께하니까

꽃향기에 취해 걷는 봄 길
비틀거리지 않는 것은
옛 임이 찾아와 붙잡아 주니까

지는 꽃나무 바라보아도
슬프지 않은 것은
떠난 임이 돌아오리라
믿고 사니까

이름 모르는 꽃의 미소

봄도 되기 전에
때가 되면 어김없이
소스라치게
세상에 얼굴 내미는
이름은 몰라도
낯익은 환한 미소
신비로운 추억으로
빈 가슴을 채운다

비는 사랑이야

어릴 적 아들 생일에 선물로 사 온 꽃으로 아직 이름도 모른다. 평소엔 거들떠보지도 않았으나 추운 겨울이 거의 다 가고 아직 봄이 오지 않은 때 갑자기 많은 화려한 꽃송이를 피웠다. 보는 사람을 화들짝 놀라게 하며 존재감을 과시했다.

봄

봄의 코스 메뉴

애피타이저로 개나리

수프로 진달래

주요리로 목련

디저트로 벚꽃

꽃향기에 흠뻑 취해

봄이 휘청거린다

빈 의자와 그늘

뙤약볕 빈 의자는 외롭기만 하다
고향의 냄새를 맡을 수 없어서
그늘진 빈 의자는 외로운 줄 모른다
풋풋한 고향의 냄새와 함께 사니까

오월의 그림자

하루가 다르게
짙게 번져가는 초록빛
숨소리도 거칠다
뭐가 급해서
저리도 서두를까?
눈에 확 들어오는
큼지막한 그림자
한여름의 쉼터
스치는 따스한 손길

비는 사랑이야

창조의 비밀

아직도 차가운데
나뭇가지마다 까만 점들이
불쑥 불쑥 솟구친다
열망이 숨 쉬고
사랑이 숨어 있어
저 별들도 반짝이겠지

봄

봄이라 하기 이른 어느 날 아직 날씨는 차가운데도 검은 싹이 나뭇가지에서 돋아나는 것을 보면서 뜨거운 기운을 느꼈다. 생명의 신비와 생존 의지를 보는 것 같았다. 이런 열정과 사랑이 있다면 무엇인들 못 할까? 별, 우주라도 만들 것만 같았다.

마음의 계절

지금 내 마음은 봄일까, 여름일까?
가을일까, 겨울일까?
늘 초록빛 샘 솟는 봄이었으면!

내가 들이마신 상큼한 봄
몸 안에 녹아 퍼지면
마음은 봄빛으로 가득 물들으리

새 생명 싹트고 새 청춘 돋아나는데
나이 듦을 탓하랴, 봄이 내 안에 있는데

60대 이후 몸의 변화를 많이 느낀다. 일에 대한 의욕은 있어도 몸은 따라 주질 않고 쉽게 피로를 느낀다. 어느 봄날 초록빛 나무들을 보면서 몸은 어쩔 수 없다 해도 마음의 계절만은 봄을 유지하고 싶었다.

비는 사랑이야

봄의 미소

어둠을 쏟아냈던 활자여, 소리여
이젠 웃자
설렘으로 그토록 기다렸던
춥고 긴 터널 끝자락
빛이 보인다
이젠 아지랑이 미소 짓는 것을
보고 싶다

극단으로 치닫던 시절엔 신문이나 TV 보기가 두려웠다. 과거 속에 너무 갇혀 있던 나머지 또 다른 숨 막히던 시절, 봄이 와도 봄 같지 않았다. 이젠 봄을 봄답게 맞이하고 싶은 마음이다.

비는 사랑이야

한여름의 위안

구름 한 점 없는 산꼭대기에는
외로움이 맴돌고
매미 소리 집어삼킨 뜨거운
태양은 적막하기만
철썩 가슴 치는 파도 소리
껴안으며 지친 하루를 재운다

비는 사랑이야

한여름 대낮

따가운 햇살은
여인과 나이 든 사람들을
그늘진 의자로 내몰고
거리를 덮은 적막은
개미 발걸음만 재촉한다
점차 숨소리도 잠들고
거리는 사막이 된다

무창포의 밀물

파도야 해 지기도 전에
밀려오는 그리움을
어쩌지 못해
먼 길을 단숨에 달려왔구나
다시 곧 헤어져야 할
아픔은 어쩌려고

밀려오는 파도가 가슴을 파고든다. 그리움의 강렬한 힘은 헤어져야 하는 아픔이 도저히 맞설 상대가 되지 못할 것 같다.

Rain is Love

가을 묵상

깊어진 그늘이
조급한 마음을 붙잡아
조각내어
하나하나 떨어뜨린다

가을은 사색의 계절, 마치 그늘이 사색하는 기분이다. 뭔가 새해마다 계획했던 많은 일들을 해가 바뀌기 전에 해내려면 서두르지 않으면 안 된다. 그런 마음을 붙잡는 그늘이 있어 이번 가을도 잠시 쉬었다 가련다.

Rain is Love

눈 오는 날의 상상

흰 눈이 펑펑 쏟아져
세상을 하얗게 물들이면
한 마리 양이 되어
주인을 찾아 나선다

공중을 향해 고개를 들면
오라는 손짓이 있어
하얀 소용돌이 타고
오르다 보면
어느새 하얀 점이 되어버린다
마침내 흰 눈이 되어
내려온다

비는 사랑이야

겨울 둥근 달

겨울 밤길 걸으면
가슴을 파고든 달빛이
각진 마음을 깎고 깎아
둥글게 둥글게
간지럼 태운다

눈을 밟으면

뽀드득 뽀드득
이게 무슨 소리냐고
발끝에서 물어온다

세상 하얗게 잠 재우고
하늘과 땅이 만나
재회의 기쁨 나누는 소리라고

그리움 찾아 나선
발길을 동행하며
어둠 몰아냈던 소리라고

헤어져 저민
가슴 쓸어주며
아쉬움 묻어 준 소리라고
나지막이 들려온다

겨울

봄을 기다리는 나무

무거운 옷
모두 벗어버리고
벌거벗은 채
몸 꼿꼿이 세우고
차분히 봄을 기다리는
나무의 숙명
찬 바람에 전율한다

산꼭대기에 올라갔는데 바로 눈앞에 앙상한 나무가 보였다. 그러나 이 것이 끝이 아니라는 것을 알고 나서는 오히려 위안을 얻는다.

겨울

Rain is Love

시는 어디에

시를 찾으러 먼 길을 떠났다
시를 낚으러 물가를 찾았다
어디에서도
시를 찾지도 낚지도 못했다

시를 주우려고 들판을 거닐었다
시를 만지려고 허공을 더듬었다
어디에서도
시를 줍지도 만지지도 못했다

시를 보려고 별빛을 바라보았다
시를 들으려고 바람 소리에 귀를 기울였다
어디에도
시는 보이지도 들리지도 않았다

먼 훗날 가슴 한구석에서

홍역을 앓으며 신음하고 있었다

시인

가을에 글로 쓴 낙엽으로
밥을 짓고
봄의 초록을 꿈꾸며
집을 짓는다
아기 예수가 태어났을 때
지켜본 목동들처럼
떠돌아다니며
가슴에 확대경을 품고 산다
덤으로 산고의 기쁨도 누린다

비는 사랑이야

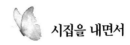

시집을 내면서

　12년 전 지하철역에서 집으로 걸어오다가 불현듯 50여 년 전 일이 생각났다. 빚진 자로 살면서 빚을 갚으려 하지 않았다는 생각에 마음이 무겁게 내려앉았다.

　고교 시절 오랫동안 잦은 복통을 견디다 못해 '병을 낫게 해 주시면 하나님께서 하라는 대로 다 하겠습니다'라고 약속을 했다. 그 후 병이 나았으나 그 일을 까마득히 잊고 살았다. 정년을 몇 년 앞두고 처음으로 받은 내시경 검사에서 십이지장 궤양을 앓았던 흔적이 있다고 들었을 때 의대생 시절 짐작했던 것과 같아서 속으로 웃었다.

　그 후 달라졌다. 빚을 갚기 위해 뭔가를 해야겠다는 마음이 일어났다. 그래서 예배 연극을 시작했고, 영적인 글을 쓰려고 했다. 영혼의 문을 두드리고, 영혼과 대화하고, 영혼을 노래하며, 영혼을 위로하는 글을 쓰고 싶었다. 이젠 빚이 빛이 되는 기적을 꿈꾼다.

2016년 11월
한물결 고경봉

Rain is Love